涟漪

关于爱和美的哲思

之一 著

百花文艺出版社
天津出版传媒集团

图书在版编目（CIP）数据

涟漪：关于爱和美的哲思 / 之一著 . -- 天津：百花文艺出版社，2023.5
ISBN 978-7-5306-8581-5

Ⅰ . ①涟… Ⅱ . ①之… Ⅲ . ①散文集－中国－当代
Ⅳ . ① I267

中国国家版本馆 CIP 数据核字 (2023) 第 089342 号

涟漪——关于爱和美的哲思

LIANYI——GUANYU AIHEMEI DE ZHESI

之一　著

出 版 人：薛印胜

责任编辑：郑　爽

装帧设计：百悦兰棠 [BAIYUE LANTANG]

出版发行：百花文艺出版社

地址：天津市和平区西康路 35 号　　**邮编：**300051

电话传真：+86-22-23332651（发行部）
+86-22-23332656（总编室）
+86-22-23332478（邮购部）

网址：http://www.baihuawenyi.com

印刷：廊坊市海涛印刷有限公司

开本：880 毫米 ×1230 毫米　1/32

字数：94 千字

印张：5.75

版次：2023 年 5 月第 1 版

印次：2023 年 5 月第 1 次印刷

定价：48.00 元

如有印装质量问题，请与廊坊市海涛印刷有限公司联系调换
地址：河北省廊坊市安次区码头镇金官屯村海涛印刷有限公司
电话：（0316）2516002　邮编：065000

序

秋去春来，岁月澹然。闲暇时，偶写几则关于爱和美的短寓言以自娱，时间长了，遂成此集。

我曾说：觉如春光，爱如春水，而生命的美也即这光和水的合一。

觉即觉知，也可被称为直觉、感觉、觉性、体悟、体味等，它不同于逻辑思维，天然具有空间性、光明性、整体性，恰如那春日晴空，朗然澄净，一切皆了了分明。

爱即慈爱，也可被称为仁爱、仁慈、关爱、慈悲、慈悯等，它是生命能量向美向善的本性，恰如那春水潺湲，温柔恬静，默默地滋润着大地。

春光明媚，春水溶溶，棵棵岸柳正洒下那翡翠色的倒影……这时，一只红蜻蜓倏地掠过，水面上遂开出一朵蓝绿相间的涟漪……

恬静，是水的日常；涟漪，是水的酒窝。

之一

2022 年 6 月

目录

第四篇

第五篇

第一篇

01 觉如春光

题解

觉（觉知），是生命的本性，也是认识事物的基础。我以春光喻觉，原因如下：

觉知具有空间性和光明性，恰如那春日晴空，旷朗、澄净。

觉知具有直接性和即时性。清晨，拉开窗帘，那金色的阳光便刹那间盈满心房。

觉知是一种能量，我用春光喻觉，以区别于那种令人灼热的夏日骄阳和半心半意的冬日斜阳。

是啊，觉如春光，春光真美。

01.01

帘，微微有些透明……觉，似林中鸟，在晨光中苏醒。

01.02

晨，一束光飞了一亿五千万公里……静静地，在床前敛翼，轻轻地，将我唤醒。

01.03

晨，阳光自东向西走过竹林，将每一根竹都唤醒……

空翠，一种醒来的绿。

01.04

晨，我来到田野——原来，我既是金色向日葵，也是那金色晨光。

金色，在金色中打开……

01.05

太阳的爱是一种弥漫，太阳系里全然空明……

“那么，黑夜呢？”

“黑夜？那是地球在自转。”

01.06

为了寻找光，行星们来来往往，而那个太阳，只是在家——微笑……

是的，爱在心中。

01.07

“据说，天狼星比太阳还灿烂……”

“可——太远的灿烂不过是夜空中的一个点缀。”晨，向日葵说。

01.08

夜空中，月比繁星都大，那轻盈的步伐明明在说："我，最近呀。"

夜空中，月比繁星都美，那如水的月色明明在说："月光很淡，淡得呀穿不透一片轻云。"

夜空中，月和繁星都有变化，那阴晴圆缺明明在说："月的光，就来自白日反面的反面。"

夜空中，我爱月的诚直："月，不发光，借来的光又何须隐藏。"

01.09

想象是狮，爱鹿；想象是鹿，爱草；想象是草，爱光；想象是光，爱一切……

然而，您是光。

01.10

深蓝的夜空，金星的眼最亮。你以为她在看你，她，只凝望太阳。

01.11

冬日，斜阳，半心半意地照着地上的坚冰叹道：“唉……必非一日之寒。”

01.12

真正的光复可不是打仗，您看，那春光，只以凝视便唤醒了大地。

01.13

春，天空和大地两情相悦——天空赠以明媚，大地报以青翠。

01.14

春回大地，冰雪消融，那潺潺的溪水啊，既是献给春光的赞歌，也是春回大地的明证。

01.15

太阳的眸子总是饱含深情，是啊，他既是看者，也是那爱本身。

01.16

“昨夜，为了将黑暗击穿，那爱，竟化作闪电。”

“可谁会用闪电做光合作用？”晨，一棵小草喃喃地问。

01.17

雨后，新晴……那“思”，刚想夸耀一下这片明净，那“想”，却如一片阴云遮住了光。

01.18

空明先于创造。有光的空间是一切二装的起点。

01.19

感激，这第一束光——

光中，看尘埃跳舞……

光中，待尘埃落定……

光中，扫尘……

01.20

有个道理既深奥又浅显——先有光，而后行走。

本章自注

01.04：以向日葵喻身心，以晨光喻觉知，身心在爱的觉知中打开。

01.05：以太阳系喻觉知（空间），转向，发现那个觉知（空间）。

01.07：自觉自爱如春日，口耳之学似星光。

01.08：以借来的光比喻二手知识。显然，一个诚实的学者应首先明辨“知识（knowledge）”≠“觉知（awareness）”，“知道（I know about）”≠“我是（I am）”。

01.09：以光比喻纯真的爱，以狮、鹿、草比喻各种角色。角色感是个人融入社会的前提，也是社会组织存在的基础。然而，只有看清并理解了由角色感所带来的各种偏见，我们才能具备整体性视野和公平、公正的品质，成为一个“大写的人”。

01.10：所有的寻找都是在寻找爱，所有的欣赏也都是在欣赏爱。向内，成为那爱本身。

01.11：冬日、斜阳、半心半意、冰、叹等皆为缺爱的状态。冰释，需要一心一意的爱。

01.12：以春光喻觉而有爱，以大地喻身心。觉而有爱方能变化气质。

01.13：自觉自爱，身心愉悦。

01.14：关爱身心，心悦自歌。

01.15：仁，爱之充盈。仁者视万物皆怀深情。

01.16：以小草喻身心，以闪电喻自认为是爱，却内含暴力的行为。真爱温柔。

01.17：勿自夸，自夸的思想和空明的心性无法共存。

01.18：二装即二次装修，可用来比喻转行、转型、转化、转变等；有光的空间即空明的觉知。

02 爱如春水

题解

爱（慈爱），是生命能量自然的流动，也是生命向美向善的本性。我以春水喻爱，原因如下：

水是生命之源，也是生命之美的底蕴。您看，水明净而能照物，水澄澈而能洗涤，水润泽而能化育，水柔和而能流行……而这些，不都是爱的特征吗？

春回大地，冰雪消融，生命的流衍基于水的循环。您看，泉水汩汩涌出，溪水涓涓流淌，江河潺湲，大海浩瀚……正因为有水循环往复，才有了这无尽的生命。

水有汽、水、冰三态，我用春水喻爱，以区别于那种让人感到灼热的欲望和让人感到寒冷的恐惧。

是啊，爱如春水，春水真美。

02.01

“谦卑、柔和、顺遂、恬静、晶莹、透明、润泽、灵动……先生，您真以为自己是在爱吗？”山谷静谧，一条小溪潺潺地问。

02.02

雨后的森林，水唱着歌：泉水汩汩，溪水潺潺，一滴滴晶莹的水珠从叶子尖滑落，滴滴答答打着节拍……

真爱如水，有爱自歌。

02.03

晨，一滴露珠嘤嘤地唱着：“你若晶莹，世界澄明。”

02.04

群山苍翠泉水清……是啊，当这泉边的泥沙已被洗净，每一滴水都很晶莹。

02.05

那清洌的潭澄澈、斑斓，四面皆青山，山上皆翠竹……他，像孩子般跃入，又如一滴水珠。

02.06

倒影总是很美……在水的眼里，一切都很润泽。

02.07

瀑布很美，但为了那片青翠的麦田，他——作了河水。

02.08

“那条小河喜欢跳远，远处，有水花飞溅，可他近处的河床却是干的。”

“呃……您确定那是河？”

02.09

恬静是水的日常，涟漪是水的酒窝。

02.10

冰，不理解涟漪……直到，他的春天来临。

02.11

雨后，一滴湖水忽然不想变得更绿了……原来，他在雨中见到了自己那无色的本性。

02.12

很久很久以前，也许，是在几万年前，那天清晨，我是在水中，第一次看见自己……

02.13

雨一直下，小草咯咯地笑着，是的，他爱青翠，爱润泽……

那么，雨呢？

雨？嗯，雨就是那爱本身。

02.14

有时，那谦卑的水也会翻山越岭，一如春云，带去春雨……好吧，现在就给她发一条爱的短信。

02.15

意象是鱼，意境是水，而水，只一心一意流向大海。

02.16

“男人像山，女人像水。”

“不，男人像大水——辽阔、蔚蓝、深邃。”

02.17

晨，无风，可那池春水却依然波光粼粼……

粼粼，是温柔者的表情。

02.18

千岩万壑，层峦叠嶂……水，以顺遂走出山谷。

02.19

水，以谦卑找到大海。

02.20

为了献出一颗属于自己的珍珠，他——成了大海。

本章自注

02.01：真爱如水，见“水”思齐。

02.04：言为心声，心澄语丽。

02.05：以水喻爱，志于爱。

02.06：以水喻仁，仁者视万物皆怀深情。

02.07：真爱谦卑、柔和。

02.08：真爱谦卑，盈科后进。

02.10：冰，坚硬、冷漠、锋利，比喻缺爱的状态。涣然冰释，始知涟漪之美。

02.11：以雨水喻纯真的爱，以湖水喻人在关系中所扮演的角色。人习惯于按角色感和环境来塑造自己（也即小我），却常常忘了那纯真的爱本身。

02.12：真爱如水，真我即爱。

02.18：真爱顺遂，故能圆通无碍。

02.19：谦卑始能勤勉，勤勉方能积善成德。

02.20：唯深入、持久的爱才能孕育出真正的美。

03 空明与灵动

题解

我爱“空灵”一词。空灵 = 空 + 灵，兼有空明和灵动这两个概念。

在汉语中，与空类似的字还有清、虚、淡、寂、静、默等，其中，清、虚、淡诉诸视觉；寂、静、默诉诸听觉。视听醒觉，表里俱澈，谓之空明。再来谈灵，古人有“神得一以灵”之语，将灵的概念置于神之上，于此，再来联想一下如灵气、灵性、灵秀、灵感等词，或有助于理解灵这个字的内涵。

春涧鸟鸣，空谷蝶舞，孩子们的眼顾盼生辉，王羲之云：“山阴道上行，如在镜中游。”在艺术中，空灵这个词同时涵蕴着境与象、图与底、静与动、虚与实，凝练地表达出杂芜去尽、生机独存的境界。

03.01

周末，在家看云。

那天，无云，天空就看见自己。

03.02

春雨正蒙蒙，每一片云都在洒下自己的泪滴，而那个天空，只是笑着——允许……

允许乌云流泪，终有雨过天晴。

03.03

世界很大，我是一名小小的过客。轻盈，如风掠过。风，知道我透明的快乐——真正的透明比这世界还大。

03.04

春，我立在门边……有时向里，有时向外，而两边——都是无限。

03.05

晨，为了画出自己，天空铺开一张半透明宣纸，画了一只飞鸟。

03.06

显然，只有化为天空才会爱所有的鸟，可那个鲲却只想化而为鹏以迁居到南冥……

看来，九万里尚未达至至善。

03.07

“空灵是？”晨，我一边想一边推开窗，但见晓来雨过，一只白鹭正飞过蓝天……

03.08

消息如沙心似筛。喜欢空明？哦，那得让筛孔更大一点儿。

03.09

“如何才能抓住空明？”夜，一只拳紧张地问。

“哦，朋友，请放松一点儿。天，会亮的。”

03.10

“空明是？”夜，“我”在半梦半醒中问。

但那空明并未回答，因为，他只与醒来的人说话。

03.11

黑色的煤吸收各种光；红宝石则献出她所富有的红光；那么，钻石呢？他透射、折射，又反射，一点儿都不留，澄澈而晶莹。

于是，煤问：“要吞下多少光，才能发生这种彻变？”

03.12

空翠山谷，一只凤蝶在飞舞……而这个看者，既是空翠，也是飞舞。

03.13

“看，一棵春梅玲珑。”

“玲珑？”

“对，请将那些枝叶间的空隙也看成是她的。”

03.14

春雨蒙蒙，二人谈心。空明说：“去掉A，去掉B，去掉C……杂芜去尽。”灵动说：“留下觉，留下爱，留下喜悦……生机独存。”

这时，雨停了，一枝荷花亭亭玉立。

03.15

花园里，一棵棵春梅亭亭玉立……是的，爱清丽，就会在花木间也种下距离。

03.16

晨，眼睛、耳朵、诗人在湖边谈起“空灵”……忽然，诗人笑着说：“空灵呀，烟销日出不见人，欸乃一声山水绿。”

03.17

春涧说：“我是空。”月亮说：“我是明。”山鸟说：“我是灵动。”诗人说：“空灵呀，月出惊山鸟，时鸣春涧中。”

03.18

黎明时，大海将梦将醒，直到海上日出，白海豚也一一醒来……

您看，这空明和灵动总是一起醒来。

03.19

春，天空一望见归雁便呵呵地笑了……是的，天空的美需以归雁来加以证明。

03.20

晨，三位好友在林间谈心——眼睛说："看，这岸柳空翠，柳莺翻飞。"耳朵说："听，这春林静谧，莺声婉转。"觉知笑而不语，原来，他就是这空翠和静谧本身。

本章自注

03.01：以天喻觉知，以云喻尘虑。洗尽尘虑，觉知空明。

03.02：觉知思绪，理解思绪，洗尽尘虑，心澄体静。

03.03：个体生命轻盈而短暂，爱的觉知辽阔而空明。

03.04：无论是向内看还是向外看，所觉皆奥妙无穷，能觉（觉知）皆朗然空明。

03.07：空灵 = 空 + 灵，也即觉知空明、精神灵动。

03.11：美，爱之充盈。积爱在心，久而成美。

03.13：觉知具有空间性，心旷神怡、虚怀若谷、虚己以听、澄怀味象、虚室生白等皆有此意。

03.15：看，看见空间；听，听见寂静。意象贵清丽，意境贵空明。

03.19：以天空喻空明的觉知，以归雁喻灵动的精神。若无性灵，莫道觉醒。

04 从容与当下

题解

上下四方为宇，古往今来为宙。宇宙浩瀚，时空无限。

日出，日落……月缺，月圆……时间仿佛裹挟着一切。

一只凤蝶翩然飞过，她不思过去，不虑未来，却为大地献出一份从容……

可人和蝴蝶毕竟不同，人能感知到生命的有限和时间的流动：昨天、梦想、明天。于是，日程被排满一路上风驰电掣，问题接踵而来。当梦想鼓动这时间的急流，想要从容，谈何容易。

问题是，时间的促迫会转化为空间的紧缩，而爱、美和真正的创造都需要自由的时空。试问，心若不在当下，如何看清真相？心若不能从容，又如何能富有远见地去解决问题呢？

04.01

大地，长河，九曲回环……在这浩瀚的时空中，唯有从容能画出深婉。

04.02

当下，挺好。不过，对一条河来说，当下只是从容的一个截面。

04.03

“一想到大海还有很远，那条河就忘了潺潺地唱歌。”

“呃……您确定那是河？”

04.04

“婉转？别浪费生命啦，赶路要紧。”苍茫大地，一条直来直去的运河说。

04.05

春去秋来，这生命之河一直在说：“顺遂吧，我将赐你喜悦。”终于，那“思”不再游泳，他放松下来，且化成了水。

04.06

“先生，用什么方法才能达至这从容之美？”

“减法。”

04.07

“如何才能做到娓娓道来？”谷中，瀑布问。

“先控制落差。”溪水潺潺地说。

04.08

“溪水先生，如何才能做到从容？”

“哦，很简单，假如，您是水。”

04.09

晨，我在河边问："从容是？"

"哦，"那河水笑盈盈地说，"从即顺遂，也即河水潺湲；容即允许，也即河床深广。"

04.10

"每根线都有两个端点，起点是梦想，终点是达成。那么，请问，当您走过这中间的无限多个点，您有几点从容？"春，一条小河潺潺地问。

04.11

春回大地，冰雪消融，那条河既从容又勤勉，一路欢歌便来到大海。

04.12

晨，"呼吸"和"思想"一起走进书房，"呼吸"说："喂，朋友，请从容，从容才有深度。"

04.13

“大雁先生，如何才能心怀理想又活在当下？”

“爱飞翔。”

04.14

天色微明，三人谈心——山说，他还想高；谷说，他还想深；大地笑而不语，他看了看那初升的太阳和自己的两个孩子，现出了一道浅浅的皱纹。

04.15

我有两片田，峨峨青山前。一片长着骄傲，一片长着安恬。有时，我看似勤勉，我懒；有时，我看似懒，我勤勉。可日子长了，轮耕毕竟疲惫；年龄大了，需将精神收敛。

好了，就弃了那片骄傲的田吧。当下自觉自爱，原野一片安恬。

04.16

“如何才能避免拔苗助长？”春，一株麦苗问。

“忘掉麦穗，只爱光合作用。”

04.17

秋，我来到田野，那金灿灿的麦穗说：“真正的高效是既勤勉又从容，且从来都不会因忙乱而返工。”

04.18

山谷中，那棵松既认真又从容，是的，他从来都不长别的树叶，且每一根松针都是出于必要。

04.19

“大树先生，如何才能像您一样枝条舒展？”

“哦，请从容，时间的从容就会转化为空间的舒展。”

04.20

雪山，大海，相隔很远……想象自己是一滴水，正欣然画着深婉。

本章自注

04.01：真爱柔和，有爱方有从容之美。然而，在这个追求"效率"的时代，所谓的"快"却常常以牺牲爱和美为代价。

04.02：引入"从容"的概念才能更好地适应现实，将修身和做事结合起来。

04.03：爱和欲的主要区别即在于：前者爱其所行，故能将生命之美自然而然地融入所做之事；后者将当下视为实现目标的手段，好高骛远而心态窘迫。

04.04：向一条天然的河学习，莫以"赶"牺牲温柔的爱，莫以"快"牺牲从容的美。

04.05：以水喻爱，志于爱。

04.08：以溪水喻爱，有爱自有从容之美。

04.11：以水喻爱，有爱方能既从容又勤勉。

04.14：君子不器，仁者宽容。

04.17：用牺牲爱和美来换取“高效”是短视的。以城市建设为例，片面追求速度不仅会加剧人们浮躁的心态，还会导致居住品质低下以及建成即落后的局面。

04.18：每个人的自身条件和所处的时空均不同，唯自觉自爱能摆脱模仿，让生命既认真又从容地生长。

第 二 篇

05 草木青翠

题解

南国小城，四季如春。闲静时，我有草木为友。我爱植物，原因如下：

光也好，水也好，但光和水需经光合作用才能转化为生命能量。同理，觉和爱也需有机结合，觉中有爱，爱中有觉，方能变化气质、怡养性情。

植物皆自内而外地生长，天然具有完整性（不少）、整体性（不多）、均衡性（和谐）。同理，我们也应自立、自足，让生命之美自内而外地绽放。

植物既从容又勤勉，只要是有光和水，它们就会自由生长，沁溢出那青翠的绿和新鲜的氧。

“好啦，朋友，让我们一起做光合作用吧。”窗外，一棵香樟树笑着说。

05.01

光灿烂，水湛然。

一遍遍，光照彻水。

有光，无光；有光，无光……只是明暗。

忽然，那爱笑了，蓝色的水拥住金色的光——生命，那绿色生命从此诞生。

05.02

“眼前一亮的是光，笑容可掬的是水，而美，也即这光和水的合一。”春，一片新叶说。

05.03

春，为了凌空而舞，那水，化作一条柳枝。

05.04

小院，闲居，我和春梅相爱相亲——我给她浇水，她教我恬静。

05.05

雨后，新晴，每一片叶子都绿得流光溢彩……

那么，我呢？

05.06

“青苔先生，您总是一副很富足的样子，可您究竟有些什么？”

“有——身体一般大的青翠，青翠一般大的身体，对，我有百分之百的青翠。”

05.07

山谷中，几棵松树很美……但一棵小草说，他并不想长出哪怕一枚松针。

05.08

榕树很大，但一棵小草说，再大的树也不会动摇他的怡然自乐。

05.09

晨，露珠说："湿就是润。"

"不，"小草摇了摇头说，"润是含光的水，也即这经过了光合作用的水。"

05.10

"天门冬先生，您怎么这么绿？"

"哦，只是乐生。"

05.11

风过山林，松涛阵阵……但，每一棵松都是在聆听自己。

05.12

晨风吹拂，我在林间散步，一棵大树沙沙地说："来，请全然打开，让这情绪的风吹过。"

05.13

晨，天蒙蒙亮，一棵棵行道树便已带好耳罩，开始奉献宁静……是啊，她们爱宁静，也期望明天的城市能够爱上宁静。

05.14

树枝爱方向，它由此及彼；树冠爱绽放，它由内而外……

我如树，爱两者。

05.15

晨风轻拂，我来到湖边，几棵岸柳正在打太极拳——她们顺遂、舒展，每时每刻都保持着优雅的平衡。

05.16

森林里，为了让光能照到最底层的枝叶，每一棵树都会选择枝叶扶疏……

当然，我也会。

05.17

“去寻找阳光和雨露吧，孩子，你是一棵有脚的树。”

“可——为什么，我就不能是那阳光和雨露本身？”

05.18

春天的原野像绿色的海，而树，则是种子落地激起的绿色浪花……

水，是绿的底蕴。

05.19

“大树先生，您怎么老闲着？”晨，一只小鸟叽叽喳喳地问。

但大树并没有回答，他蔼然地将小鸟揽入怀中，继续沁出那新鲜的氧和青翠的绿。

05.20

绿色森林，一棵棵红杉高耸入云……是啊，他们天生正直，且始终保持着向上的心情。

本章自注

05.01：觉如光，爱如水。觉而有爱，真我始生。

05.02：觉如光，爱如水。有觉有爱，久而成美。

05.06：美关乎爱的纯度，而非事之大小。

05.07：每个人的自身条件和所处的时空均不同，唯自立、自觉方能避免移花接木般的生硬模仿。

05.08：美基于自立、自足而与名声、地位等无关。

05.09：以光合作用比喻觉中有爱、爱中有觉。显然，缺少觉知的爱为溺爱，也即湿也。另，中国传统艺术重润而避湿。湿，阳不足而阴有余也。

05.11：自觉、自知，始能知人。

05.15：美是一个矢量，其方向指向生命此刻所能达到的完美境界，其大小则是生命此刻的真实状态。由此，美（和爱一样）当存在于每一个此时此刻，而非某个将要达成的目标。

05.16：枝叶扶疏即通透，通透始能生出洞见。

06 喜悦如花

题解

院子里有棵缅栀花，她，有着舒朗的枝、青翠的叶，一年四季皆亭亭玉立。

南方，阳光和雨水都很充足，这缅栀花便一天天做着光合作用……

一天上午，仿佛是忽然之间，她感受到一种爱的沁溢，一种新的色彩汩汩涌出，孩子们说："看哪，花开了，她正在笑咧。"

是的，花就是笑容，一种自内而外的喜悦。这种喜悦不是胜过他人时的骄傲，不是被人关注时的满足，甚至也不是那种克服了障碍、抵达终点后的兴奋，她源于自觉、自爱、自立、自足，她是爱的沁溢，她是美的诞生。

06.01

花，不介意单独，怡然自乐正是花开的基础。

06.02

花香不再期待被爱，花香，正是那沁溢的爱本身。

06.03

花就是喜悦，一种静谧且响亮的喜悦。

06.04

晨，翠芦莉低头不语——在太阳升高之前，她，要将花瓣里的夜雨倒空……

是的，美就是这无滞的轻盈。

06.05

早晨八点，我来到湖边，想看看那些水中的睡莲，可那些睡莲直到九点钟才完全醒来……是的，她们爱的是光，且只对明媚才会完全打开。

06.06

“妙啊，为什么我总能闻到花香？”春，一朵刚绽放的百合花问。

06.07

“你来，你去，世界依然。”

“不，”那春兰笑眯眯地说，“您若真的绽放了，整个山谷都会沁满兰香。”

06.08

“花有根，她喜欢在家，不过，她那绽开的花瓣倒是一种美丽的邀请。”春，一只蜜蜂嗡嗡地说。

06.09

关于美，花老师只做示范，不解释。

06.10

不，不去赏花。自己绽放。

06.11

梨花的花瓣洁白如玉，但那金色花蕊说："只有纯净是不够的，真正的喜悦会沁出色彩。"

06.12

晨，茉莉一家在枝头聊天——叶子说，她像翡翠；花蕾说，她像钻石；花只是静静地笑着，沁出芬芳。

06.13

花园里，那株月季十分惬意，是的，她既不必证明自己是玫瑰，也无须去和玫瑰拉开距离。

06.14

去推广花香？不，那单纯的花只管开放，她将花香交给风。

06.15

花开了，那绿叶之湖便漾起朵朵涟漪……

美，就是爱的涟漪。

06.16

“先生，您看，那朵花正在和我笑呢。”

“呃……您是阳光，还是雨露？”

06.17

闲暇时，他会写诗、作画、歌唱、舞蹈……是啊，那真正的花香——会四溢。

06.18

春，我走进花园，一朵百合花开心地说：“全然地去爱要全然打开，全然地被爱也要全然打开。”

看来，爱就是全然。

06.19

“有谁知道您这朵小花？”

“光。”

“那好，请全然地融入那光。”

06.20

春天的原野郁郁青青，一株梅花十分绚丽，是的，花就是爱的沁溢，而爱——无所畏惧。

本章自注

06.01：美基于自爱、自足，故无求、无待。

06.02：美即爱的沁溢，故无求、无待。

06.05：关爱身心，让身心在爱中全然打开。

06.07：自我完善。世界的美好基于每个人的自我完善。

06.08：美基于自立、自足。你不来，她怡然自乐；你来了，她蔼然可亲。

06.10："知道"不是"成为"，鉴赏莫忘实践，唯实践的爱能达至那美的境界。

06.11：美是生命的沁溢，而非对生命能量的压抑。

06.12：成熟的美欣然自适而无意于自我证明。

06.13：美基于自立、自足，故既不必去模仿他人，也无须标榜"个性"。

06.16：重要的是去成为爱。爱，而后能看见那被爱者的笑容。

06.18：全然即一，一即是爱。全然、至诚、尽心、尽力、全神贯注、一心一意等皆与爱同义。

06.19：以光喻觉，全然即爱。自觉自爱，身心合一。

07 走向甘馨

题解

秋，一棵棵梨树果实累累。此时，不管您摘还是不摘，那些梨都会闪着金光，回归大地。

果实是成熟的标志，也是新生命的起点，之后，它将带着甘馨的气息，开始一段新的旅程。于是，在某个清晨，您便读到一首诗，听到一首歌……而您，若恰巧动了心，那个果核就会裂开，将核心处的爱洒在您心里。

感谢那些拥有真爱的人，是他们将爱凝结在一张桌子、一个茶杯或是一首诗中，给世界以甘馨并唤醒我们心中的爱。那么，就让这爱静静地成长吧，给她时间，给她空间……这样，当这爱结出果实且挂满枝头，我们也能献出一份甘馨。

07.01

梨花已然很美，但对于梨来说，梨花只是起点。

07.02

梨花皎洁，但一棵梨树并不骄傲，是的，甘甜的梨才是他的目标。

07.03

秋，一棵棵梨树果实累累，此时，不管您摘还是不摘，那些梨都会闪着金光，回归大地……

成熟，始知慷慨。

07.04

秋，一棵初次挂果的梨树咯咯地笑着……是的，他终于尝到了甘馨的滋味，也终于体证了那奉献的喜乐。

07.05

秋，一棵老梨树对着那满枝的梨反复叮咛：“记着，我就是你。”

07.06

金秋时节，我走进果园，一棵老梨树笑着说：“耐心，耐心，成熟的才能沁出甘馨。”

07.07

与花相比，果实的美在于——他不仅甜，还是种子。

07.08

选老师就要向农民伯伯学习，他们，只将最好的粮食选作春播的种子。

07.09

选老师就要向果农学习，果农以品尝选择树种。

07.10

“先生，‘我’的成果也很多，可为什么就没有您那种甘馨的喜乐？”

“可——花就是喜乐。不开花就结了果？嗯，那很可能只是树瘤。”秋，一棵老梨树笑着说。

07.11

秋，我在林间散步，一棵大树笑着说：“立功、立言？不，还是去治病吧，一棵健康的树才会结出饱满的种子。”

07.12

秋天的原野一片金黄，一棵大树手持一粒粒种子，耐心地镌刻着自己完整的历史。

07.13

真，是春天的种子；美，是夏天的花朵；善，是秋天的果实；然后，冬来了……

赤子已走过四季，达者将视死如归。

07.14

春，一只小鸟在枝头歌唱："花香则蝶至，果甜则鸟来。"幸运的是，那棵树听懂了小鸟的语言，他的果实越来越甜，他的种子也就飞了很远……

07.15

成熟的种子不会留在树上，他将回归沃土，重新再长成大树；大树和种子互为起点，健康的传承不是保护古木，而是种子和大树间的交替。

07.16

浇了两次水便想得到成熟的苹果，但这苹果依然青涩……瞧，他才是那个“想”的教育者。

07.17

秋，我走进果园，一个尚未红透的苹果说：“哦，请别催熟，也别急着摘，要以光合作用来让果实变甜。”

07.18

秋，我走进果园，听一个红苹果讲她成熟的经过。我正听得入迷，她却说：“回家吧，先生，只有光合作用才能改变酸涩。”

07.19

秋，我走进果园，一棵果实累累的梨树说：“先生，除了献出这金色的甘馨，您还有什么更好的归宿？”

07.20

“不，不必为风格而烦恼，只要您不嫁接别人的枝，您的果实就会有相同的味道。” 秋，一棵老梨树笑呵呵地说。

本章自注

07.01：谦卑、勤勉，止于至善。

07.02：古人说："五谷不熟，不如稊稗。"以至善为目标，方不会因小成而骄傲。

07.05：言为心声，行为心表。一言一行皆心性的具体而微。

07.06："半熟"，莫奢谈奉献；"半知"，莫好为人师。

07.07：积好在心，久而成德。唯美德能够化人。

07.09：文艺之所以可爱正在于其重感性，故在一定程度上能避免纸上谈兵、道听途说等片面依赖记忆和逻辑的口耳之学。

07.10：真正的创新需要持久、深入的爱，且旨在解决制约该领域进一步发展的真实问题，反之，若不在枝头（学术前沿）却勉强"创新"，则如树瘤一般—既无花之喜悦，也无果之甘馨。

07.12：种子虽小，却蕴含着各种遗传信息，宛如一个完整的世界。同理，若是心中真有话说，必然追求言简意赅。

07.15：文化传承的真实载体是活着的人而非那些经史子集，因此，重要的是理解、消化并早日做到自立、自主，而非一味地因循守旧。

08 花园和园丁

题解

春天的花园草木葱茏，但并非每一棵植物都对您有益，有的有毒，有的带刺，还有的呢会招来蚊虫。为了做到清洁、卫生，每一座花园都要有一位园丁。是的，我真正想说的是，身心即花园，而园丁呢则是那爱的觉知。

于是，在这个神奇的花园，每一个思绪都将被觉察，而您，也就能逐渐认出哪些是带刺的荆棘，并在它们尚为幼苗时便能停止给它们浇水，直至它们枯萎、消失……这样，您便腾出了更多空间，好让那些真正的良善能够自由地生长……

春色满园，花香沁人，这花园和园丁便一起笑了。

08.01

身心像花园，觉知即园丁。诚然，一个爱花的人就会常去花园，直到——她成为园丁。

08.02

身是花园，觉即园丁。园丁勤勉，花园芬馨。

08.03

人人都爱赏花，唯园丁喜爱浇水。

有真爱，必有实践。

08.04

花期很短，真正的园丁——爱四季。

08.05

在心中造一座花园，向阳，且要有喷泉……然而，一天清晨，我却惊喜地发现：原来，我就是这阳光和喷泉本身。

08.06

春,大自然愈发精益求精——她天天送来光,且常常下雨。是的,她爱完美,只有完美的创造才会令她满意。

不信?请问一朵小花。

08.07

立春那天,大自然一定完规则便隐藏起来,她笑着,静静地看,看谁听话……当然,大自然最讲道理,听她的话也就是循理。

08.08

美,是一面镜子。一株花若总不开放,园丁就会反思。

08.09

显然,爱的手中已没有利刃,因此,对于荆棘,她既不锄也不剪,而只是停止给它们浇水。

08.10

经过一番自我觉察，现在，即便大家都叫她玫瑰，这株百合也不会再迷失自己。是的，她现在只相信园丁，而那位园丁——就住在她的花心。

08.11

那年春天，几位园丁在一起商定：“谁的花最美，谁就是老师。”可才过了两年，就有了不少擅长引用的“采花郎”和自称博学的“盗花贼”。

诚实，谦卑，做一名勤勉的园丁。

08.12

为了给每一株花浇水，也为了能及时发现荆棘，那座花园有许多小径……于是，有人说：“他多才多艺，且思维缜密。”

08.13

假花？干花？借来的花？不，一位诚实的园丁只想献出自己的鲜花。

08.14

言行如枝叶，心性是其根，显然，一位成熟的园丁不会以修剪枝叶来根除荆棘。

08.15

去播撒花籽？不，还是先松土吧，柔软的心地才会让美萌生。

08.16

花园很美，可那位园丁并不忙碌……是的，她既不拔苗助长，也不移花接木。

08.17

“如何才能找到一位好老师？”

“哦，很简单，当你去寻找园丁，你看，你闻。”

08.18

外面很美，可那位园丁却很少远行……是的，假如他走了，谁能给他的心田浇水？

08.19

“怡然自乐和孤独寂寞的区别是：前者爱花，也爱浇水。”春，一位园丁笑着说。

08.20

不，爱可不是替人浇水，而是隔着篱笆，将邻家花园的园丁叫醒。

本章自注

08.04：爱是指生命的状态，故当存在于每一个此时、此地、此身、此事。

08.06：精益求精，止于完美。

08.09：以荆棘喻习气，以利刃喻苛责、惩罚等非爱的手段。显然，重要的是爱和理解，而非以习气去清除习气。

08.10：以园丁喻觉知，以百合花喻身心。自信，源于自觉。

08.11：真诚，学问之本；力行，学问之用。两年，虚指也。

08.12：以浇水喻爱，以小径喻理。真理，即真爱走过的路径。

08.13：以假花喻无用的假学问，以干花喻过时的旧学问，以借来的花喻二手知识。先有真诚，后有真知。

08.16：急躁者拔苗助长，模仿者移花接木，看似忙忙碌碌，却正与美的道路相反。

08.17：文艺之所以可爱正在于其重感性，依靠感性去发现老师。

08.20：好的教育是唤醒他人对生命的爱，而非自以为是地“替人浇水”。

第三篇

第三章

09 心明眼亮

题解

我是谁?

这可是一个古老的问题。

我曾说:“觉如春光,爱如春水。”那么,我能否将自己直接定义为觉和爱呢?

诚然,生命是浑然一体的,说它是觉,是为了突出其感知的一面;说它是爱,是为了突出其行动的一面。春回大地,万物复苏,这生命一边走一边看,觉和爱相辅相成。

问题是,向外看相对容易,我们该如何看清自己呢?

其实,看清自己和向外看并无本质的不同,也许,只是转了个方向而已。

09.01

蔚蓝的天空一望无际，一只鹰凝望着大地说：“心明眼亮才能高飞。”

09.02

“先生，灵动的条件是？”

“哦，敏捷的身体 + 明亮的眼睛。”天湛蓝，一只鹰说。

09.03

雨过天晴，万里无尘，一只鹰看了看地上的鼹鼠说：“我的眼里可容不下那么多沙子。”

09.04

身心前有一只蜂鸟，它时而前飞，时而后飞，远看花朵，近看花蕊……

这只蜂鸟也叫——自觉。

09.05

赏月——

地球说："唉，这阴、晴、圆、缺呀。"太阳却说："咦？一直都是满月呀。"

显然，那看着阴影的，不是光。

09.06

深林静谧，光影斑斓，一头鹿晃了晃那树枝般的鹿角说："真正的觉是边走边看。"

09.07

人生路上，理想和梦想只是长得很像，其实，理想爱在阳光下行走，而梦想呢却常在夜里飞奔。

09.08

"再一次地，梦碎了……"

"可这样才好。"醒说。

09.09

“黑暗中，他竟被绊倒两次。”

“呃……为什么您要用‘竟’？”

09.10

秋，金杏一家在枝头聊天——果肉说，她甘甜；果核说，他坚毅；果仁笑了笑说：“只有深入那甘甜和坚毅的核心，才能看见种子。”

09.11

晨，为了欣赏明澈，那位雾先生只好……是呀，只有表里俱澈才能看见明澈。

09.12

春日，赏花——红光说，花真红；绿光说，叶真绿；白光眼波流转，他看花红，看叶绿，也看整体。

09.13

那扁担钩终于发现，它并没有自己想象的敏捷。它趴在我的手中一动不动，等待着，等待着我看够了它，再将它放回草地……

而思想，和这扁担钩多么相似。

09.14

窗外，骤雨……而我，只静静地看……是的，在这思绪之雨和看之间，现在，有了一块玻璃。

隔着玻璃，欣赏每一道雨线。

09.15

原来，那山泉水的澄澈不含氯气。

09.16

……终于，觉先生又上了大巴，他后退，再后退，坐在末排的空位，静睹——思和情如何开车。

09.17

终于，你已来到这文字帐下……是将这首赞美光的诗题上去呢，还是掀开这帐，直面光明？

09.18

“爱先生，要如何才能学会谦卑？”晨，欲先生盯着水桶的长板问。

“哦，请拉开窗帘，看短板。”

09.19

“觉先生，要如何才能看清自己？”

“哦，很简单。转向，调焦。”

09.20

晨，无风，一枝荷花却微微一颤……于是，我看向那莲叶间隙，寻找，一只乌龟或是一条锦鲤。是的，水平如镜，每一次颤动都有其底层的原因。

本章自注

09.03：看清自己，看清世界，心明眼亮才能达至那精神的自由。

09.05：以太阳喻仁者之觉、觉者之爱。诚然，在“太阳”的眼里，太阳系里的一切都值得被爱。

09.06：树杂多掩映，生活如穿林，只有边走边看才能做到因时制宜、因地制宜。

09.09：以黑暗比喻因缺乏觉知而形成的坏习惯。显然，只有点亮觉知之光，才能看清真相，进而变化气质。

09.10：以果仁喻仁爱，仁爱是一切美德的核心。

09.12：小我思想习惯以角色感去选择立场。只有深入理解由角色感所带来的各种偏见，才能拥有整体性视野以及公平、公正的品质。

09.13：理解思想的运作方能获得思想的自由。

09.14：拥有足够的爱和安全感才能看清自己的思绪。

09.15：以山泉水喻纯真的爱，以氯气喻不自然的控制。显然，只有纯真的爱才有可能做到从心所欲不逾矩。

09.18：“欲先生”重外拙内而常常外强中瘠，只有爱才能看清自身不足并有足够的耐心去补短板。

10 爱即是一

题解

爱，是一种能量，她以行动来显现自身，那么，爱的行动有何特征？这里，我想试着说明三点：

爱基于觉知。有觉知的爱明澈，有爱的觉知温馨，觉知和爱相辅相成，缺一不可。

春回大地，冰雪消融，爱就像一条深婉的河，她由近及远，盈科后进，总是怀着温柔的耐心。

爱即合一。当她和思想合一，思想就会趋于平静；当她和情绪合一，情绪就会趋于柔和；当她和行动合一，行动就会趋于从容；当她和身心合一，身心就会趋于整体……

好啦，朋友，让我们现在就去学习爱吧，并试着让这身、心、事合一。

10.01

茶，微苦，爱茶的人却能品出回甘……

有爱才能细品生活。

10.02

爱，就请继续爱，大于阻力的爱才会产生位移。

10.03

因为，W = F S（功 = 力 × 位移），因此，那些不产生位移的爱也就等于没有做功。

10.04

“左手和右手扳手腕，您猜，哪一个会赢？”

“那个先放下的。”爱说。

10.05

爱医生有一种温柔的勇敢，是的，为了缝合伤口，她不仅要将伤口看清楚，还得心不乱、手不抖。

10.06

一团熊熊的火竟被扑灭……

多少个日夜，你远离另一团火——近火的心，死灰也想复燃。

“可您就是火呀，生命的火岂能久寒？”

“哦，我在寻找电——在电的世界，只有明澈，没有浓烟。”

10.07

“为什么要爱这个身体？”

“哦，因为爱就是爱一切，而这个身体，恰好离得最近。”

10.08

“大海先生，喝杯咖啡提提神？”

“哦，不了，这退潮的风景也很美。”

10.09

慈爱是一种弥漫，温柔的光宛似花瓣。

挚爱是一种灿烂，光聚焦，才能照彻一处黑暗。

但请，还是爱这生命本身吧，生命，是一座电站。

10.10

“爱先生，请问知足与自足，哪一只脚在前？”

“互为前提。”

10.11

“每时每刻，一根线都既可以围成一个大的半圆，也可以围成一个小的整圆。请问，涟漪先生，您爱大还是爱圆？”

“爱圆。不过，我近来发现，每一道圆都会自己长大。”

10.12

太阳在燃烧，大地在旋转，态度很从容，行动很勤勉……是的，爱就是一种从容的勤勉。

10.13

“主人，何谓主动？”

“先知‘主’，然后一心按主意而动，谓之主动。”

10.14

春回大地，冰雪消融，而水的理想是——从雪山直到大海，始终澄澈。

10.15

爱，以波的方式前进，不论前方有没有障碍，她，都隐含着曲线。

是的，光也是波。

10.16

人生路上，二人同行——美，是爱的向导；爱，是美的动力。

10.17

“觉先生，要如何区分爱和欲？”

“哦，爱的果实对谁都是甜的。”

10.18

“真爱如水，盈科后进……所以，你只有先自爱，然后才会爱人。”

“嗯，听起来蛮有道理。不过，竹篮君，您要何时才会爱人？”

10.19

爱先生和欲先生是一对领居，爱先生为当下的美工作，且天天如此；欲先生为明天的美工作，也是天天如此。请问，他俩谁将拥有明天的美？

10.20

“我是一只大鹏，科技是我的羽翼……”苍茫大地，那人骄傲地说。

“哦，我亲爱的大鹏，在你飞往火星之前，为什么不先回到自己的家？”大自然母亲深情地说。

本章自注

10.02：爱，遵循力的平行四边形法则，充盈的爱才能克服阻力，带来整体性的行动。

10.03：爱是一种能量，有爱则有功。爱而无功当反思。

10.04：同一个事物在同一时间只能朝同一个方向运动。当我们面临方向相反的愿望时，只有分清主次、勇于取舍，才能带来整体性的行动。

10.06：以电比喻纯净的爱，以带浓烟的火比喻小我欲望。爱和欲的主要区别即在于：前者关爱每一个生命，像清洁能源般明澈而无烟；后者囿于角色感且只考虑自身利益，动机不纯而患得患失。

10.08：关爱生命，顺遂生命，尊重生命自然的节律。

10.11：知足心安，心安方能积善成德。

10.13：此则中的"主"即主干、主脉、主线、主要的主，它和觉、爱、一、神等概念名虽异而实一。

10.14：以澄澈的水比喻纯真的爱。爱和欲的主要区别即在于：前者关爱每一个生命并力图实现共同的幸福；后者总想着“我”大、“我”赢，患得患失且动机不纯。

10.18：毫厘千里。小我思想重外拙内而欲壑难填，很难升起爱人的意愿。

10.20：手段完备，目标混乱。愿明日之城市能够美丽如画、重返自然。

11 蝶舞翩翩

题解

春回大地，万物复苏，一条小毛毛虫正专心地吃着绿叶，它时屈时伸，聚精会神；之后，它长大、蜕皮，再长大、再蜕皮……直到化蛹为蝶，翩翩起舞……

心性也有一个类似的过程。起初，他需要父母和老师，他勤奋学习，逐渐长大，并形成自我意识；接着，这个“自我”认真工作，努力进取，直到有一天，仿佛是忽然之间，他感到这种旨在抓取的生活并非生命的全部；他返回家，像蝶蛹般安静内守……终于，一种爱的能量冉冉升起，他破茧而出，展开双翅，在一片空明中翩翩起舞。

美就是爱的沁溢，而化茧为蝶，也就是在比喻美的诞生。

11.01

花是芬芳的蝶，蝶是飞舞的花。

那美，静时如花，动时如蝶。

11.02

春回大地，万物复苏，一条毛毛虫正专心地吃着绿叶；之后，它长大、蜕皮；再长大，再蜕皮……直到化茧为蝶，翩翩起舞。

看来，大也是有限度的。

大的拐点是美。

11.03

夏天就要来了，一条末龄的毛毛虫心想：“是去长胖，还是去长翅膀？”这时，它看见一条蛇，竟把蛇当成了榜样。

11.04

春，一条小毛毛虫朝树下看了看说："这、这怎么能放？"是啊，在尚未长出翅膀之前，谁能够放下？

11.05

那花园里，毛毛虫在吃绿叶，蝶蛹在冥想，是啊，时间还早，何必挥舞那假想的翅膀。

11.06

爬也好，飞也好，但一边爬一边梦蝶——不好。

11.07

秋，为了练好翩翩，那条毛毛虫跳呀，跳呀……竟忘了化蝶。

11.08

长寿？挺好。可再长寿的毛毛虫也不知道那翩翩的好。

11.09

花园里，一条勤奋的毛毛虫瞥了一眼那个作茧自缚的蝶蛹说：“咳，像他这么懒，什么时候才能获得自由？”

11.10

奇妙的是，当那只蝶破茧而出，她未经任何训练就能翩翩起舞……而这，恰恰是每一个生命都该拥有的天赋。

11.11

遗憾的是，那条骄傲的毛毛虫并不觉得蝶美，相反，他视蝶翅为一种无用的畸形。

11.12

先生，还是安心地去吃树叶吧。靠着研究蝶的标本，一条毛毛虫是学不会飞的。

11.13

毛毛虫的历史很长、很长，但一只蝶问：“谁能背着那厚厚的史书跳舞？”

11.14

那花园里，一群毛毛虫规定：只准吃树叶，不准闻花香；只准爬，不准跳舞。

蝶，飞走了。

11.15

“蝶小姐，在一个追求‘效率’的时代，化蝶的难点是？”

“作蛹的耐心。”

11.16

蝶之翼，不足以背起一条毛毛虫依然翩翩起舞，她的良善是诚直：“哦，您就是我。”

11.17

春，为了创造一个契合自己的世界，那条毛毛虫非常努力……

“呃……可他为什么不专心地吃树叶，而让蝶去建设花园？”

11.18

“蝶小姐，您可真是一位舞蹈天才。”

“天才？可谁不是天生的才？哦，对了，您是如何变成一个非天才的？”

11.19

真正的蝶谦卑、警醒，她不会触碰别人的叶，更不会夸耀蝶之美。独处时，翩翩起舞；人群中，她却常敛羽翼，宛如爬行……

11.20

“蝶小姐，您总是跳这种叫‘翩翩’的舞，为什么就不来点儿创新？”

“哦，舞蹈的关键是喜悦，而喜悦——总是新的。”

本章自注

11.03：以长胖比喻贪图名利，以长翅膀比喻向美向善。显然，对一条末龄的毛毛虫来说，是继续长胖还是去长翅膀，乃是两种截然不同的变态。

11.05：美，爱之充盈。爱不充盈当积累，又何必急着去表现那虚假的美抑或真实的不美。

11.06：以爬比喻爱的积累，以飞比喻爱的充盈。一边爬却一边梦蝶，正是好高骛远。

11.07：心性之美乃文艺之本。务本，切莫一味模仿，包括那些看起来很像创新的模仿。

11.08：人的心性应随年龄一同成长。寿而不知向美向善，惑也。

11.11：美，爱之向导，理解美才会追求美。然而，那条毛毛虫又为什么会骄傲呢？

11.12：“知道”不是“成为”，鉴赏更需实践，唯实践的爱能通向那美的境界。

11.13：美基于对现实的觉知，因循守旧无法创造出符合现实的美。

11.14：什么样的人就会制定什么样的规则，什么样的规则就会滋生什么样的人。那么，什么时候才会让蝶来制定规则呢？

11.17：某日，四位建筑师去参观徽州传统村落，甲说：“和传统民居相比，今天的城市建筑可谓又大又奇特。”乙说：“是啊，今天的设计都在追求‘个性’，且常常以造型奇特为美。”丙说：“唉，这或许都是因为咱们建筑师‘创作’得太早而成熟得太晚了呀。”丁笑而不语，他拿出纸笔，默默地写下了这则寓言。

11.18：假如，人人都能行其所爱，而非一味地推崇那个基于比较的“成功”，那么，人人都是天生的才，也即天才。

11.20：与科学技术不同，人文学科关心的是：每一个人——在此时此地的——幸福。是的，请丢掉那个对“创新”的焦虑吧，尽管人的笑脸几万年都没变化，但您此时此刻的笑容就是这浩瀚宇宙最有价值的创新。

12 鸢飞鱼跃

题解

花园、田野、天空、海洋，在这个蓝绿相间的世界，大自然又画下各种动物—蜂游蝶舞、鸢飞鱼跃，空翠中透着勃勃生机。

几乎每个小孩子都喜欢看那些在大自然中的动物，您看，那些动物既不会为昨日懊悔，也不会为明日忧虑，它们自由自在，总是活在此时此地；那些动物都没有所谓的自我形象，它们既不骄傲，也不自卑，简单、纯粹、天真烂漫；那些动物都很警醒，它们行其所爱，爱其所行，总是闪着一双明澈的眼睛……

“好啦，朋友，让我们一起来唱支歌，跳个舞吧。”窗外，一只柳莺对我说。

12.01

“燕子先生，何谓灵动？”

“哦，强健的羽翼 + 轻盈的身体。”

12.02

夜雨晨歇，凤凰木花开如炬；翠鸟穿梭，火中——有绿光飞舞。

鸟，是树的灵感。

12.03

年复一年，飞跃千山万水……爱春天，大雁相当勤勉。

12.04

“不，不是‘我’，这飞跃雪山的是轻盈。”天很蓝，大雁一向谦虚。

12.05

大海一望无际，白鹭翩然升起，沙滩上，有几行浅浅的足迹。潮来，沙如洗……天空澄澈高远，白鹭生生不息。

12.06

晨曦，春林……几只穿梭的小鸟，是这树和那树在耳语。

12.07

澄怀——味象，心旷——神怡，天空的美需以飞鸟来加以证明。

12.08

“百灵鸟小姐，您为什么要叫百灵？”

“哦，无论我唱哪一支歌，都会让自己先完全醒来。”

12.09

黎明时，草地将梦将醒……直到，一只白鹡鸰衔着晨光飞来……

12.10

“鹰，既然您已经没有天敌了，那为什么还要保持警醒？”

“为了——美。”

12.11

春，我爱依窗学习——大树教我恬静，小鸟教我性灵。

12.12

夜深，林静，一只萤火虫闪着光说：“爱人呀，我在这儿。”

林子依然很静，那萤火虫是用光说话。

12.13

秋，为了让新生命能够在澄净处诞生，一条鲑鱼正逆流而上……是啊，为了找到那纯真的爱，他需要回到源头。

12.14

群山苍翠，水声潺潺，一群小鲑鱼正随着溪流学习顺遂……是啊，若要身心合一，就得让思想先学会顺遂。

12.15

溪鱼和溪水的区别是，前者既懂得顺遂，也懂得戏水。

真正的顺遂是醒的。

12.16

天窗很亮，画室很大，一只白海豚爱在蓝色纸上作画……有时，他画得开心了，就会站起身，拿着画笔凌空挥洒——唰，唰，唰。

朋友，您画得开心吗？

12.17

“孩子，水清无鱼，人察无友……”

“可是，再这么下去，我会不会变成泥鳅？”

12.18

雨后的草原郁郁青青，可一只瞪羚说，为了轻盈转向，切莫一味长胖。

12.19

绿色森林里——当盲动变得聪明，蠢动开始醒觉，激动趋于恬静，躁动学会从容……那灵动便咯咯地笑了。当然，您也可以说，是那座森林咯咯地笑了。

12.20

谈到灵感，天上的鸟和水里的鱼都认为，灵感的精义是即兴。

本章自注

12.04：毋固、毋我才能达至那精神的自由。

12.05：以沙滩上的足迹比喻虚荣、虚名。明辨虚实，善取善舍。

12.06：灵动以宁静为背景，颖悟以宁静为前提。呼唤宁静。

12.07：以天空喻觉知，以飞鸟喻精神。若无性灵，莫道觉醒。

12.08：灵感、灵秀、灵敏、灵气、灵性……是的，灵就是那醒来的生命。

12.17：什么样的环境就会滋生什么样的鱼，什么样的鱼就会选择什么样的环境。好啦，朋友，为了咱们的下一代都能心明眼亮，请让这水变得清澈一点儿吧。

第四篇

13 理解关系

题解

人是社会的人，人人都活在社会环境中。年幼时，他被环境塑造；长大了，他就能选择环境，适应环境，乃至拥有一定的能力去改造环境。当然，人人都希望和环境相融，就像鱼，只有在水中才会感到自在。

环境即关系，关系则基于对角色的定义，比如夫妻、父子、同事、朋友等。显然，角色感是个人融入社会的前提，也是社会组织存在的基础。不过，和内在生命相比，角色感毕竟是第二位的。一个人若想拥有纯真的爱，就得深入理解关系的本质……彼时，在外在的层次，他仍将扮演某些角色，但在内在的层次，他是以爱在行动。

13.01

山谷空翠，溪水潺潺……那溪水的爱，在小鹿来喝水之前便存在。

13.02

晨，我走进玫瑰园，一位穿红裙子的小姑娘便迎上来说："伯伯，请您看见刺，欣赏花。"

13.03

晨曦微露，晨霭渐消……草地上，一棵小草伸了伸懒腰说："是呀，谁会拒绝那位春光先生？"

13.04

爱情是一座精美的山门，穿过山门，您才能看见那座慈悲的大殿。

13.05

“春梅先生，要如何才能亭亭玉立？”晨，牵牛花问。

“哦，先满足于您自立的高度。”

13.06

“慈父的爱像春天——当他凝视，像春光；当他行走，像春水；当他微笑，像春风；当他说话，像春雨……”

“可是，我亲爱的爸爸，您立春了吗？”

13.07

“ABCDEFG, HIJKLMN, O...”

“哦，妈妈，请别学爸爸。为什么，您不能只安安静静地——聆听我完美的秩序，凝视我天然的澄明。这样，您便教会了我那爱的科学，远超这种种记忆。”摇篮，婴语。假如他能够言语。

13.08

笼中，马儿有点儿挤；但蚂蚁说，他并不感到受限；这时，一阵花香飘过……

“喂，花香，请问自由是？”

13.09

沙漠，一棵垂柳问：“是变成仙人掌呢，还是去寻找绿洲？”

“嗯……也许，您就是那绿洲本身。”

13.10

“亲爱的大树，请别老是看我啦。我，不自在，而您也会驼背。”晨，一棵小草喃喃地说。

13.11

北方不产杧果。为了献出那金色的甘馨，杧果树也会选择环境。

13.12

秋，一株金黄的菊失色地站在一面爱玫瑰的镜子前，笑了……那么，接下来他该怎么办呢？离开，变成玫瑰，还是去改变镜子？

13.13

一棵红杉万千枝条，仅中间一枝得正，其余的各种歪和它对面的歪——论衡。

静默，正己，向上生长。

13.14

草原辽阔，一头大象走过……豹子说："他没我快。"斑马说："他没我花。"一头小象拍着手说："哇，他可真大。"

这时，一个纯朴的人走过……

13.15

夜，满月望着地上的兰花说：“我这么亮，您干吗还要合上花瓣？”

13.16

山谷空翠，溪水淙淙……那条自在的鱼呀恰好和水的密度相同。

寻找，创造，直到与环境相融。

13.17

洞悉云雀和风筝的区别，也就理解了自由的秘诀。

13.18

笼中，鸡碰了碰他的朋友说：“鹰，你怎么闷闷不乐？”

13.19

气球怕扎……

可谁叫它曾吹大了自己？

13.20

先生，请别给一个自满的杯子倒水，除非，您爱擦桌子。

本章自注

13.01：区别爱与依赖的不同。爱基于自立，且先于爱的对象而存在。

13.05：美基于自立，超出能力的愿望就会产生攀附。

13.08：小我思想分不清角色和生命的区别，且总想占有更多、变得更“大”；“花香”不执着于特定的自我形象，故能无入而不自得，无往而不自适。

13.09：变成仙人掌比喻改变自己、适应环境，寻找绿洲则是指换平台以实现更大的自我价值。然而，随着寻找的进一步深入我们就会发现，寻找者寻找的正是他自己，也即那爱本身。

13.10：好的教育不是一味地掌控和监督，而是引导孩子热爱生命，自觉、自立。

13.12：规则僵化，千人一面。只有彻底地理解了规则的利弊，才有可能独立自主、自成一格。

13.14: 同类相感，见贤思齐。

13.15: 自觉自爱似春日，口耳之学如月光。显然，若缺少爱和觉知，对内难以修身，对外难以化人。

13.17: 风筝看似高、大、上，却依赖风，害怕雨，还得时时攥着那根绷紧的线。诚然，唯独立自主方能拥有精神的自由。

14 回家的路

题解

觉如父，慈如母。觉而有爱，方有幸福。

生活中，一个孩子总是相对幸福的，因为，他有来自父母无微不至的爱。但对一个成年人来说，生活可就没那么轻松了，他得赚钱、工作、养育孩子、照顾老人，似乎天天都有做不完的事儿。显然，他得拥有一个家才能安居乐业，虽勤勉而不失温馨、恬淡。是的，我真正想说的是，家即爱，而所谓回家，也就是指自觉自爱，并最终活在这爱的怀抱中。

好啦，时间不早了，在太阳下山之前，回家吧。

14.01

孩子, 回家吧。

嗯, 我在家。

不, 你真正的家是爱。

14.02

路, 伸向远方……

一个寻找爱的孩子, 忽忆起回家——回家吧, 孩子, 爱在心中。

14.03

哗, 你推开门; 啪, 你打开灯; 嗯, 你回到了家……

现在, 请推开心扉……

14.04

走过千山万水，赤子又回到童年，就好像是被落在了后面……

蓝色星球，很大，很圆。

14.05

慈，仁之本。待客的主人需提前到家。

14.06

去急着改造世界？不，还是先回家吧，否则，您怎能将这家的温馨带给世界？

诚然，这个家是指爱。

14.07

潺湲之溪，澄澈见底。湛然，那儿时记忆：嫣红的蜀葵，金黄的向日葵，蓖麻脸谱般的种子，紫茉莉那黑亮亮的小地雷，一切都很鲜醒……

那就留下来小住几天吧，待鲜醒了再重新出发。

14.08

狗，只凭一个小小的鼻子便可重回主人的怀抱；人若真想回家，一德——足矣。

14.09

大海很远，回家的路很长，但水，从不会迷路。

爱，以谦卑找到归宿。

14.10

和牵牛花不同，红杉先生认为，回家的路不是躺平，而是放弃横行，向上生长。

14.11

心路有三站：没历史，有历史，没历史。

起始都是赤子。

14.12

从容的心不会选择崎岖，而回家的路——既宽且平。

当然，这个家是爱。

14.13

路，四通八达，路上的人却都去往幸福。

理解——您对面的人。

14.14

尽管人人都知道家就是爱，但真正的难点是，每一条回家的路都不尽相同。只有先点亮觉知之光，心才不会盲从。

14.15

“原来，大地才是我的家呀。”终于，那云垂下头说，“现在，我想家了。”

14.16

思想是觉知的旅舍，再好的旅舍您也不该久住……是的，觉先生，现在该回家了。

14.17

“回家？什么意思？”2 问。

“2 – 1 即回家。”1 答。

14.18

一想到冬小麦就要到家了，那株春小麦便踮起了脚尖儿……

“哦，朋友，光合作用才是回家，而这拔苗助长呢却恰与回家的路相反。”

14.19

放学，回家——假如，一个贪玩的孩子要独自穿过游乐场，他将何时到家？

呃……他的觉和爱呢？

14.20

“觉先生，请问回家的路是？”路口，那个“紧张”问。

“哦，请跟我来，咱俩一道原路返回。”

本章自注

14.08：种种美德皆根于爱，若沿着任何一个美德一溯源，都能回到那爱本身。

14.11：婴儿有觉知而无思想，故曰没历史；赤子之心通透而无私虑，故也可被称为没历史。

14.15：以云雨喻思绪，以大地喻身心。化云为雨即理解思绪，雨过天晴即心旷神怡。

14.17：以家喻爱，爱即合一。

14.18："想改变"≠"在改变"，以"想"来代替当下之爱，正是缺爱的表现。

14.20：觉即理解，觉即释放，觉而有爱就是回家。

15 自成一家

题解

先修身，后齐家，此为常理。但本章我是以大喻小，将身心诸要素喻为一个家。

觉知：觉知具有空间性、整体性、光明性，它是认知事物的基础和生命的本性。

思想：思想基于记忆、符号、逻辑和想象，它是理解抽象事物和信息交流的工具。不过，在思想的发展过程中，“小我思想”也会应运而生，并随之带来一些相应的问题。

情绪：情绪是一种生命能量，它是身心对情境或接纳或对抗的反应。

身体：身体是精神活动的场域，健康的身体有助于觉知空明、思维敏捷、情绪稳定。

下面，我以身心为家，编写寓言数则，聊于茶间一笑。

15.01

觉如父，慈如母，思如子，身如屋，身心与家同构。进一步，父对子是慈爱，子对父是敬爱，夫妻间是亲爱，邻里间是仁爱……家即爱。

15.02

有爱的觉知像春天，春光明媚，春水潺湲。天很蓝，草很绿，你站着、坐着、躺着……都很自在。

15.03

现在——是你柔顺的妻子：你利用她，她便是工具；你解决她，她便是问题……

现在，爱她。

15.04

父爱着众子，但又似乎最爱那个弱的。孩子们争，他静静地听；孩子们在一块玩儿，他便呵呵地笑了……当然，您也可以说，是整个身心呵呵地笑了。

15.05

“这孩子怎么老不回家？”晨，母亲问。

“依我看哪，”父亲笑着说，“在我的觉和你的爱合一之前，这个外驰的思想呀是不会回家的。”

15.06

千里迢迢，一群美德回到家才发现：原来，他们都是爱的孩子。

15.07

院门敞着，可那个浪子却仍在门外徘徊，是啊，离家已多年，他也怕自家的吠犬……好在这时，父亲迎了出来……

15.08

午后，那个浪迹天涯的游子在家门口反复宣讲：“‘我’，一个外驰的思想，终于回家了。”可他浪惯了，他绕着家一直讲，直到黄昏都没跨进那道门槛……

这时，父亲笑着迎了出来……

15.09

孩子有三种：浪迹天涯、闭门不出、出入自如。

思想也有三种：入世、出世、无可无不可。

15.10

对浪子来说，撞到南墙恰是好事。

15.11

浪子回头可分三步：苦旅、回家、安住。诚然，也只有安住才能完成从浪子到赤子的转化。

15.12

回家了就请安住，爱家的孩子不会第二次远足。是的，唯志于爱才能让思想不再忘己逐物。

15.13

“其实，那个浪子也想回家，可是，他又觉得家里寒碜，待不住。”

“那他为什么不从现在开始，耐心地建设家园？当然，这个家园是指身心。”

15.14

爱先生从建筑系毕业，在开业之前，他先将自己的身心视为一栋待改建的房子。诚然，假如他能将自己建得温馨、美丽，也就能为他人提供同样优秀的设计。

15.15

温馨的房子可久居，宽敞的房子能容人。爱，不仅是一位建筑师，他本身就是一栋美妙的房子。

15.16

“如何才能心明眼亮？”晨，我问。

“哦，孩子，”母亲一边收拾家一边深情地说，“只有勤快的人才配拥有这窗明几净。”

15.17

“小明，在做父亲之前，你要先将自己视为长子，以提前学会倾听、理解和关爱。”结婚那天，父亲大明语重心长地说。

15.18

“瞧，那棵树可真大。”天很蓝，一只年轻的大雁说。

“哦，自从他出生以来，就一直在那儿建设家园。”雁群中，一只年长的大雁悠悠地说。

15.19

显然，若是住在一栋漏风潲雨的房子里，你很难成为暖男。而这栋房子就是你的身心。

15.20

显然，要想献出一份温馨的爱，你不仅得有一栋温暖的房子，还得有座向阳的花园，而你的身心就是这房子和花园。

本章自注

15.03：爱是指生命的状态，故当存在于每一个“现在”，而非某个将要达成的目标。

15.07：以父亲喻爱的觉知，以吠犬喻烦气，以浪子喻忘己逐物的思想。唯爱的觉知能化解烦气、安心定志。

15.08：以父亲喻爱的觉知，以浪子喻忘己逐物的思想。唯爱的觉知能安心定志。

15.13：接纳此时、此地、此身、此事，关爱当下的生命。

15.15：和觉相似，爱也具有空间性，而这就是为什么我们常说“宅心仁厚”“活在爱中”“爱的氛围”“爱的怀抱”等等。

16 恬静的日常

题解

“恬静？挺好。可我还有很多事呢。”

“有事才需要恬静呀，恬静地生活，恬静地去做每一件该做的事，并在每一件事中都能体味到那爱的喜悦，岂不美好？”

于是，周六上午，你便得了一个大大的闲暇。春光明媚，你在湖边静静地散步……

天很蓝，柳很绿，那明净的湖面就像一幅淋漓的水彩……这时，一只红蜻蜓倏地掠过，水面上遂漾起了一朵蓝绿相间的涟漪……

恬静，是水的日常；涟漪，是水的酒窝。

16.01

晨，我来到湖边，一只白鹭正贴着水飞，几与倒影融为一体……

16.02

晨，我在湖边问："我是？"

"你？你就是你的日常呀。"湖水笑盈盈地说。

16.03

山谷青翠，我立在溪边，静睹——那水面涟漪在水底卵石上画光影……

16.04

晨，我来到水边，灰草鱼便倏地一下都游走了，一条红锦鲤却游来……

我转身，离开，思念前者。

16.05

晨，白粉蝶的翅有点儿沉，她一边飞，一边晾晒那半透明的纱衣……

而思想，恰如昨夜湿气。

16.06

晨，我走进花园，树同学和花同学都在认真听讲，却没看见老师……

16.07

清晨散步，我偶遇一株野花。我刚想上前做点儿什么，可她说："先生，请别命名，别画，也别说像这、像那……"

原来，看就是全部。

16.08

晨，大幕已拉开：叶子们都穿着绿裙子，而那朵栀子花则披着两层白纱……

这时，一阵晨风拂过……

16.09

上午，我正在闻一朵白色小花，一位穿白裙子的小姑娘便姗姗地走来："伯伯，您在研究美好的事物？"

16.10

那天上午，我天真而不顽皮，一只白粉蝶便落在我手里……

美，即爱与爱的不期而遇。

16.11

上午，我在书房踱步，像风？几片兰叶便一直陪着我——轻摇。

心静，始觉万物有情。

16.12

流浪猫“小黑白”有几天没来了……世界很大，他爱自由。

16.13

花园里，一只蝶（人）美，两只蝶（从）美，三只蝶（众）也美……

原来，是蝶美。

16.14

云是白色的山，山是绿色的云。山高谷深苍苍，云卷云舒飞扬。

孩子，你已出岫……

16.15

爱买菜——

红枣、橙子、黄瓜、绿豆、青菜、蓝莓、紫薯……赏缤纷花果，叹慷慨自然。

16.16

一棵大树就像一座古寺——你，如风来，树叶风铃响。

16.17

门前，一只小鸟飞走了，那条细枝只轻轻地摇了七次……

朋友，再见。

16.18

下午三点，学生们来了，带着他们的世界，畅谈……

而你，只是微笑，只是点头……

一片草地青翠，几只白鸽自由。

16.19

一条小河潺潺，两岸粉墙屋宇。横着小桥几座，竖着新柳几缕。

我在这边缓行，流眄那边风景。隔岸有你娉婷，水中倒影晶莹。

但我，没有过桥，单独是种别样风景。

静静地在一边缓行，洒下安恬人影。

16.20

上午，我正依窗喝茶，茶盘里放着一盏白色茶杯。恍惚间，那茶杯变得透明起来，而我，则第一次穿透形象，看见爱……

一切形象，底蕴是爱。

本章自注

16.04：穿越形象，欣赏醒觉之美。

16.06：静默聆听，循理应物。

16.13：自我完善。世界的美好基于每个人的自我完善。

第五篇

17 谈谈文艺

题解

工作之余，偶涉文艺。

文艺是一面镜子，在这面镜子前，你既鉴赏又实践，便由此看见和鉴赏对象的差距。

文艺又像一座花园，在这座花园里，你边散步边欣赏这繁花似锦。一个周日的下午，你正在闻一朵玫瑰，可那玫瑰说：“菊花兄弟，时间不早了，您怎么还不回家，自己开花？”终于，你感激地点了点头，转身，朝家的方向走去……

那么，文艺呢？

文艺还在那儿呀。不过，对一株菊花来说，重要的是做光合作用，而非模仿他人的美丽。

17.01

文艺是一面镜子，假如，你能既鉴赏又实践，并由此看见和鉴赏对象的差距。

17.02

文艺是一面镜子。你照镜子，是看自己。

17.03

文艺是一面心灵的明镜。照完镜子，记得洗心。

17.04

重要的是美而非美学。美，是真爱开出的花，而美学呢则是摘别人的花去编缀花饰。

17.05

那天下午，我在花园赏花，一朵玫瑰笑着说："喂，菊花先生，时间不早了，你怎么还不回家，自己开花？"

17.06

我提笔，便想起了你，依稀，千年之后——你与晨光立在窗前，静静地掀开这镂空的文字，却看见自己。

17.07

想要了解美？嗯，那就放下这本书吧。来，来尝尝这串槐花的花蕊。

17.08

一切文艺都是爱的索引，而好的索引优美、简洁。

17.09

一切动人心弦的都是更深、更美的你，听，是那个“尚未”在呼唤自己。

17.10

“先生，请就‘得意忘象’举个例子。”

“……悠然，悠然地看见，在那晶莹悠然中，有几条红色悠然……”

17.11

为了将时空合一，那爱，发明了音乐、书法和舞蹈……

17.12

争奇斗艳？不，无关争斗，每一朵花都来自那怡然自乐。

17.13

夜，那半截红烛挑了挑灯芯叹道：“唉……要如何才能照亮这一平方公里的黑暗？”

“哦，朋友，为什么您不借着这烛光，写下哪怕一句真理？”

17.14

“更高，更快，更强……更自然！”

“哦，先生，这个‘自然’可没有‘更’。”

17.15

模仿的花也很美，只是，真蝴蝶不会飞来。

17.16

春，当蝶小姐去寻找花，她看色彩，闻花香，而不是听那花在讲些什么。是啊，唯花香不容易被道听途说。

17.17

花园里，诗人百合和画家玫瑰只是看似不同，其实，她们都是献给阳光和雨露的赞歌。

17.18

花园里，一株菊花很爱学习，他有时向玫瑰学，有时向百合学……直到有一天，那位爱的园丁径直走过来说：“孩子，从今天起，让我们一对一地教学。”

17.19

“为了尽兴，请褪尽蝉蜕再唱。”七月，蝉说。

17.20

“我，一只鸭子，要如何才能变成天鹅？”

“嗯，鸭子不会欣赏天鹅……看来，您是天鹅。”

本章自注

17.05: 鉴赏莫如实践，唯实践的爱能通向那美的境界。

17.06: 首要的是先和自己建立深度关系，写给自己，教育自己。

17.07: 美诉诸于感性而非理性。

17.14: 有时，我们所谓的“更”并不是出于爱，而只是为了战胜别人、凸显自己，并给世界带来了许许多多的刻意。

17.15: 美即爱的沁溢，其方向是由内而外，而模仿呢则是横向地嫁接别人的形式，故内无爱的喜悦，外无沁人的芳香。

17.16: 文艺重感性，其内蕴的爱和美均难以作伪，故在一定程度上能避免道听途说的口耳之学。

17.18: 以园丁喻爱的觉知，以菊花喻身心。唯自觉自爱能摆脱模仿，怡养性情。

17.19: 美基于自由，在尚未摆脱生存压力和名利心之前，很难达至精神的自由。

17.20：审美理想即生命潜能。也许，我们需要的只是多一点儿自信以及随之而来的耐心。

18 诗意生活

题解

诗意并不限于诗歌，好的绘画、音乐、舞蹈乃至建筑都能沁出动人的诗意。诗（意）是一种人生境界，想要达至诗境，我以为需满足以下几点：

诗是爱的沁溢，它像花香，晶莹中透着深婉的颤动。

诗基于觉知，觉知空明才能看见那澄澈的风景。

雨过天晴是空明，大雁南飞是灵动，而诗呢则既要空明也要灵动，也就是说，诗贵空灵。

花香不失清新，鸟飞出于自然。诗贵清新、自然。

好啦，朋友，让我们现在就去创造属于自己的诗意生活吧。是的，是生活，重要的只是这生活本身。

18.01

诗会上，天空写的诗最好，尽管，他一笔没动，只是微笑。

18.02

慈爱是金色的，静谧是蓝色的，生命是绿色的，喜悦是粉色的……于是，“诗”也想出彩，可他刚一想，却投下一抹灰色影子。

18.03

花园里，当玫瑰歌唱春天，那百合花就听到了诗。

18.04

花开了会沁出花香；花香开了口，叫诗。

18.05

诗如花香——空灵，且有一种深婉的颤动。

18.06

春蚕说，诗的直径是一个字。

18.07

晨，散文来到诗的房间，他发现，屋里一尘不染，就好像是那春雨过后的山涧。

18.08

雨后春兰爱清新，一撇新叶一句诗。

18.09

无须费力吧，诗不过是晨露一滴。安恬并感激，生活自有那润泽和晶莹。

感激是片湿润，安恬是片凉意，开心地去做一棵小草吧，无心于那露珠一滴。

18.10

远方？不，诗在里面。

18.11

一首小诗就像一串荔枝——

坚硬的红鳞是赤子真知，晶莹白脂是含泪天使。

朋友，苦涩地久了，可以读一枚小诗。

回家路远，记得带叶连枝。

18.12

志说“诗言志”；情说“诗缘情”；气象说“诗主气象”；意境说“诗唯意境”……

晓来雨过，燕子翻飞：“回家吧，朋友，在外面您可逮不着我。”

18.13

一首小诗就像一枚蒲公英，轻盈地，飞入另一片心田，重新又成为种子。

18.14

药先生也很有爱，可他从不写诗，因为，他知道，药里还有三分毒性。

18.15

“黑色文字，以爱浸透，煤，将化为钻石。”

“可是……忙着炼字会忘了炼心。”

18.16

楼如树，城似林……

晨，一句诗出了林，啾啾地飞向远山……

18.17

诗 = 言 + 寺，因此，重要的是走进这座爱之殿（寺），而诗，不过是在殿里说话。

18.18

诗如春谷，翠可怡神；诗如清泉，莹可涤心……

但我，不写诗。我走进春谷，化作那清泉本身。

18.19

诗如花，花，只开在那最柔软的枝头。

18.20

诗是春梅，玲珑剔透；诗是月桂，花小香浓；诗是夏荷，温婉绰约；诗是秋菊，明丽皎洁……

但，不管诗是什么，先生，您开了吗？

本章自注

18.01：以天空喻觉知。诗，基于空明的觉知。

18.06：消化、转化、文化、化机、化境……唯“化”能摆脱成语、套语。

18.14：药先生，之一也。

18.15：以文艺而忘身心，瘾也，非爱也。

18.16：大自然是诗的源泉，愿明日之城市能够美丽如画、重返自然。

19 书法与绘画

题解

在言、象、意这三者中，有时，象比言更能达意、尽意。

绘画就是一门重象的艺术，它以线条、造型、色彩等描绘世界，同时呈现主体心性。此外，书法也是一门重象的艺术。在古代，因读书人都使用毛笔，像“书如其人”“屋漏痕”“锥画沙”“不激不厉，风规自远”等美学命题也就能随书法而得以传承。

今天，键盘输入和摄影的便捷已在很大程度上消解了书画的实用功能，传统美学正随载体的消失而日渐衰微。那么，书画对我们还有什么价值呢？我以为，文艺是一面镜子，只有既鉴赏又实践，才能看见和鉴赏对象的差距，从而勤勉地去完善自己。

19.01

为了画出一朵喜悦的花，那爱，竟画下整个宇宙。

19.02

晨，天空铺开一片淡蓝色丝绢，不着一笔就画出自己。

19.03

画什么呢？远山，白鹭？不，还是先画自己吧——那一望无际的蓝天。

19.04

一幅画就是一扇门，门里是心境，门外是物境……假如，您是主人的知己，那扇门就会缓缓开启……

19.05

晨，当春光又拿起画笔，那朵粉色花蕾便咯咯地笑了……

爱，以被爱的笑容来表达自己。

19.06

春，我来到田野，想画一株盛开的茶花，可那花却说："所有的画都是自画像，您画什么都是在画自己。所以，菊花兄弟，您怎么还不回家，自己开花？"

19.07

开心地去画那些让人开心的事儿吧，而前一个开心，叫美。

19.08

画画就要向孩子学习，孩子画画——只表现喜悦。

19.09

花园里，那位大自然很爱画画——她在春天画下绿色，夏天画下粉色，秋天画下金色，而入了冬，她就会心满意足地休息，好让白雪给她绷上新的画布……

19.10

鸡冠花没有习作的概念，她全神贯注地，只画一次。

19.11

雨过天晴，三人谈心。诗说，他的诗中有画；画说，他的画中有诗；爱，笑而不语，她满怀深情，看着自己的两个孩子。

19.12

先生，只要您沿着这条爱之路，就一定会见到那片诗情画意。反之，若是您很久都没见到那片诗情画意，就请停下来——重新问路。

19.13

“时至今日，只有当文字和摄影均无法表达时，画才有其意义。先生，请问，您有非得用画来表达的内容吗？”

“有，画意。”

19.14

“我可不想去画，我要实实在在地改造世界。”高楼林立，一位建筑师高声地说。

“可世界就是一张画布呀。”爱温柔地说。

19.15

想要画出清新，您得有张白纸。可是，先生，您有理解牌橡皮吗？

19.16

悠然一天如书一篇，书与画同源。计白当黑多洒然，莫将每一分钟都涂满……是啊，一颗洒然的心才能写出清新和悠远。

19.17

“一味地去临摹？不，重要的是成为鹤，而非模仿鹤舞的足迹。”书法课上，那鹤老师笑着说。

19.18

谈及书法用笔，当下说："书如锥画沙"；从容说："书如屋漏痕"；喜悦笑而不语，她飞到花园，在一片芬馨中翩翩起舞……

19.19

书法课上，那蝶老师常说："一颗醒觉的心，即便是在一根线上也能舞出一个世界……而当她看，一根线也如一幅长卷。"

19.20

书法展上，那蝶小姐终于轻叹了一声："唉，长枪大戟、笔锋如剑，为什么就不能营造些温柔深婉的空间？"这时，她忽想起花园，遂展开翅，穿过一道又一道狭窄的门缝，飞了出去……

本章自注

19.02：以天空喻觉知，觉知（能觉）是一切所觉的底蕴。

19.03：以蓝天喻觉知，觉知（能觉）是一切所觉的底蕴。对应于艺术，意境乃是意象的底蕴。

19.07：美即爱的喜悦。客体的喜悦是客体的美，你的喜悦才属于你。

19.08：美，爱之喜悦。不喜悦时当修身，仁者不暇文艺。

19.09：向大自然学习，任运随化，因时制宜。

19.10：爱和美都是指生命的状态，故当存在于每一个此时、此事，而非某个将要达成的目标。

19.12：温度、湿度、硬度、爱度……是的，诗情画意正是“爱度”的一个标准。

19.14：愿明日之城市能够美丽如画、重返自然。

19.17：心性不备，神理不属。不悟东床坦腹，终日照猫画虎。

19.20：自古书家多愤郁，空灵深婉有几人？遂想起李叔同先生晚年的书法。

20 音乐和舞蹈

题解

音乐和舞蹈是生命最天真的表达方式，也是反映生命状态的一面明镜。

晨，院子里的桂花树沙沙地唱着，几只凤蝶披着蓝纱，翩翩起舞……

你已散完步，回到家中，依窗静静地喝茶——是啊，这心中也有歌吗？它的音色如何，空灵吗，深婉吗？这心中也有舞吗？它的舞姿如何，优雅吗，舒展吗？朋友，您看，我们既是歌者、舞者，也是听者、看者，而生发并联系这两者的，是爱。

好啦，就让这爱静静地生长吧，给它时间，给它空间……这样，也许就是在明天，当这爱的喜悦涌上心头，我们也能歌声婉转，舞姿翩翩。

20.01

山谷静谧，溪水潺潺……当“静谧”和“喜悦”在一起歌唱，那真正的天籁便诞生了。

20.02

山谷回音，渐微渐逝……静谧的歌献给聆听。

20.03

晨，当各种喧嚣都学会静默，我便听到了那爱的独唱。

20.04

高山，流水……那拨动了琴弦和心弦的，乃是同一根手指。

唯爱可以动人。

20.05

春雨是个天生的演奏家，天刚亮，他就将一池莲叶都变成了绿色琵琶——扑扑簌簌、滴滴答答……

是啊，当爱开口，每一个字都很悦耳。

20.06

一天清晨，我想起自然，我飞进那绿色森林，开始与众鸟和鸣……新的乐章如此和谐，整个大地都在聆听……

20.07

晨，当南风走过竹林，听先生也在林间散步……是的，那沙沙声中充满了空间。

20.08

音乐是个透明的家——音符是砖，沙浆是爱。

20.09

“叮叮、咚咚、涓涓、潺潺……请问，要如何才能唱出天籁？”

“哦，很简单，假如，您是水。”

20.10

先生，您总是说智者爱水，可您为什么不潺潺地唱歌？

20.11

森林里，每只鸟都喜欢即兴演唱，是的，那新鲜的生命只喜欢唱新鲜的歌。

20.12

湖水静谧，真爱如歌，那白天鹅似乎总带着耳机……

20.13

微风，爱与柔软的枝跳舞。

20.14

水静沙白，远山如黛，那两只丹顶鹤跳得很美……是的，他们既是舞者，也是编舞。

20.15

其实，那丹顶鹤也得工作（觅食），只是，她在工作时仍踩着优雅的舞步。

20.16

晨，我走进花园，一只蝶笑着说：“不，真正的成熟不是去占有更多的树叶，而是在芬馨中跳舞。”

20.17

“书法是悦目的音乐。”

“音乐是悦耳的书法。”

“可是，”一只蝶笑着说，“你们俩为什么不来花园，直接在这芬馨中跳舞？”

20.18

花园里，蝶小姐喜欢鲜醒——她喜欢鲜醒的光、鲜醒的花、鲜醒的裙、鲜醒的舞……是的，美就是醒来跳舞。

20.19

“蝶小姐，您可真是一位天生的舞者。”

“不，不是‘我’，天生的舞者是喜悦。”

20.20

江河入海时，始知余韵之美。

本章自注

20.01：视、听通感，静谧的喜悦也即空灵。

20.03：视、听通感，与“杂芜去尽，生机独存”同义。

20.07：视、听通感，感知时空。

20.09：真爱如水，有爱声美。

20.10：真爱如水，有爱自歌。

20.11：过去的经验无法契合当下的生命而只能翻唱过时的老歌，唯醒觉的心能任运随化、“即兴演唱”。

20.12：美，爱之充盈，而所谓充盈，也就是要将这爱渗透到每一个细胞。换句话说，美在于心性，具体到文艺领域则是感性、觉性、诗性、绘画性、歌唱性、舞性等。

20.14：美基于自觉、自信，“自编自舞”才能达至那美的境界。

20.15：爱和美不在于你做什么，而在于心性的状态。

20.20：是啊，去爱吧，再多的文字也无法穷尽这爱的浩瀚与深邃。